あなたに会えたから

文・宇佐美百合子
絵・ささきあきほ

あなたに会えたから

いまのわたしがいる…

出会い

このひろいひろい宇宙で
おなじときに
おなじ星に生まれた

60億のなかの
たったひとりの
あなたと出会った

こんなすごい偶然が
あるはずない…

たぶんわたし
とても大切なことを知りたくて
あなたを見つけたの

あこがれ

あなたの顔を
わき目もふらずに
じーっと見ていたい

ドキドキして
てれちゃって
とてもできないけど…

もし

あなたがふりむいて

ふたりが
見つめあったら…

わたしそのまま
かたまってもいい

ひたむきな願い

あなたが悲しいとき
そばにいさせてください

あなたの背中を
そうっとなでて

手のひらからあふれる
小さなぬくもりで
あなたをささえたい

ひとりぼっち

ひとり
お月様を見てた

そしたら
お月様もわたしを見てた

いいな
いいな
お月様は…

ねぇ
そこからあの人が
見えますか？

ためいき

いっそのこと

あなたに
ココロを
見せられたらいいのにナ

こーんなに
すごいんだゾ！

魔法がほしい

うーんと小さくなって
あなたのポケットに入るくらい
小さくなって

どこへでも
くっついていきたい

あなたの温もりを
からだ中で感じて
あなたの声を
からだ中にひびかせて

ポケットからのぞく
あなたの世界

いいなあ…

どうしよう

人を好きになって
はじめてわかった

わたしには
こんなにたくさん
願いごとがあったって

あなたにしてあげたいこと

あなたにしてほしいこと

すごく
欲ばりかもしれないけど

わたし
もう
じっとしていられないの

わたしらしさ

わたしって
弱虫で
いくじなしで
甘えん坊で
おっちょこちょい

不満ならいくらでもある

でも
そうでなくなったら
わたしじゃなくなるかも…

もしかしたら
このままでいいのかなぁ

もうすこし
自分と仲良くなろう

自分を好きになるのは
あなたを好きになるのと
おなじくらい

大事だとおもうから

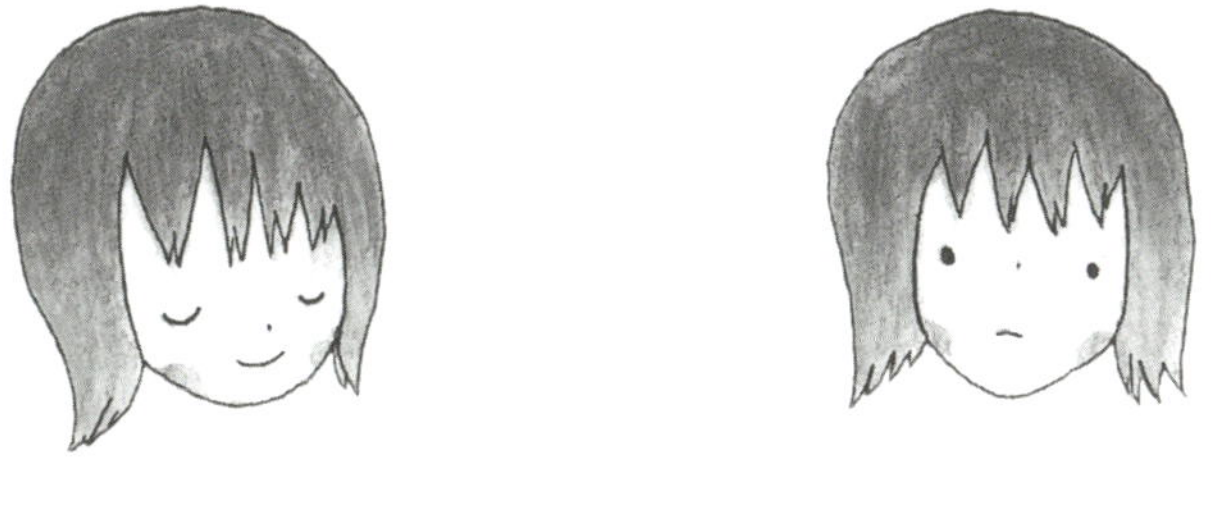

カンゲキ

泣いても
笑っても
失敗しても
なにをしてても
大好きだよ

あなたに
そういわれたとき
心臓がはちきれるかとおもった
あんまりびっくりして…

もっともっと

あれからずっと
おんなじことを考えてる
ひとつの願いを
追いかけてる
どうしたらもっと
あなたに愛されるか…

だいじなことは
愛されるかじゃなくて
愛するか

でもでも

頭でわかってても
心が承知しないの

わたしだけ
愛してってて

自分にうんざり

会いたい
会いたい
朝からずっとそればかり
こんど電話があったら

「たまらなく会いたい」
って正直に伝えよう

それなのに
やっとかかってきた電話に
「なにか用事?」
わたし
ぜーんぜんかわいくない

キリがない

もっと美人だったら…
もっと自信がもてたら…
あれこれ想像して
人をうらやんで
勝手にへこむ

どんなに考えたって
ほかのだれにもなれないのに

いつものように
このままの自分でいいのに

きっと
わたしはわたしを
まだ愛したりないんだ

すれ違い

ケンカしちゃったぁ

落ちこんだ…

いちいち
つまらないことに
とんがる自分が
なさけない

わかってなんて
いわないから
だまって
許してくれますか

泣きたいとき

そんな悲しそうな顔するなよ
ほら、顔をあげて
ニィーって笑ってごらん

いくらそういわれても
笑えないときだってある

笑ってるキミが
輝いててステキなんだよ

そういわれたって
悲しいの！

自分を好きになれなくて
苦しいの！

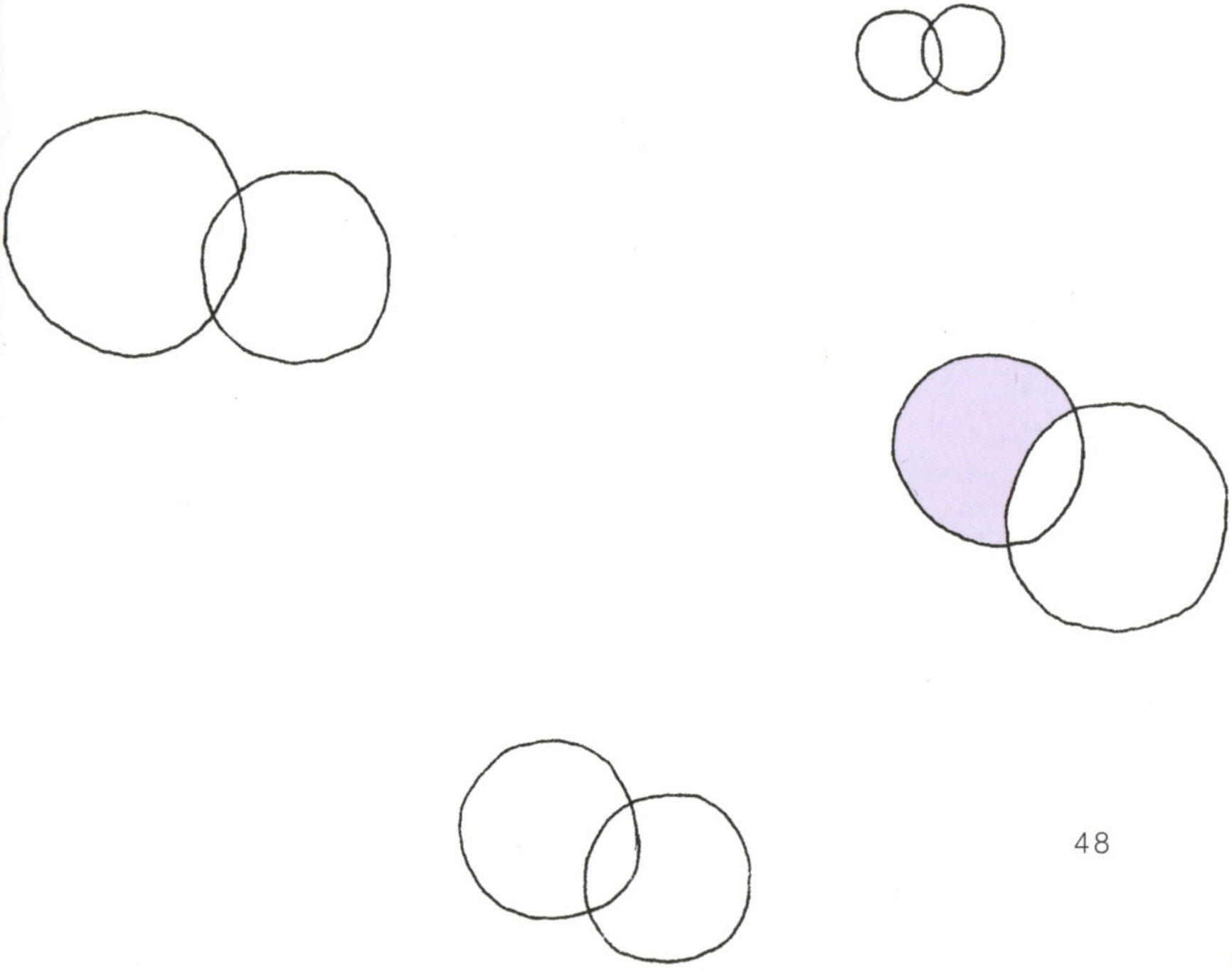

だから
ここで泣いても
いい？

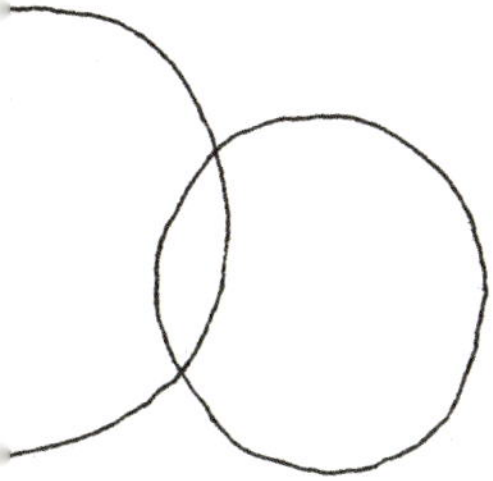

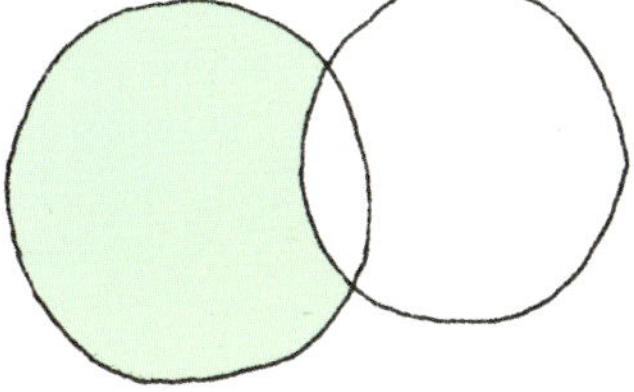

しあわせのカケラ

あなたの大きな手と
わたしの小さな手が
いま、つながってる

あったかーい！

道路をよこぎるたびに
大きな手に
ぎゅっと力がはいる

そのたびに
まもられてる
しあわせが
手のひらから
しみてくる

あなたのとなりで

あなたのとなりで
やさしい気持ちで
ほほえんでいたい

あなたのとなりで
きれいな心で
すわっていたい

わたしのなかの
トゲトゲした部分が
ときどき
いじわるしようとするけど

わたしはいつも
あなたのとなりで
応援していたい

ショッピング

あれもこれも
買いたがるわたしを
よくばりだなあ
ってあなたは笑うけど

ちがうちがう

もし
ひとつだけっていわれたら
あなたへの
プレゼントを買う
そんなわたしを
知らないのっ!?

あなたの誕生日

わたしの初挑戦
手作りケーキが
目のまえにある

真正面で
息をのんで
見まもるわたし

ちょっとだけ
心配そうな
あなたの顔

ふたりともキンチョーする
最初のひとくち

まねっこ

自主性が大事！
といってるわりに
買い物にいけば
似たような服を買うし
レストランに入れば
おんなじものを注文する
なんでもまねっこの
わたし

どこにいても
なにをしても
いっしょの気分を
味わいたい…
そんな自分に
ちょっぴりあきれる
恋って
ここまでわたしを変えるの？

スキだけどキライ

何日も会えなくて…

わたしのこと
ずっとほったらかしで…

わからない

どうして平気なの？

くってかかるわたしに
あなたはいう
「信じていれば平気さ」
だから
にくたらしい
スキだけどキライ!

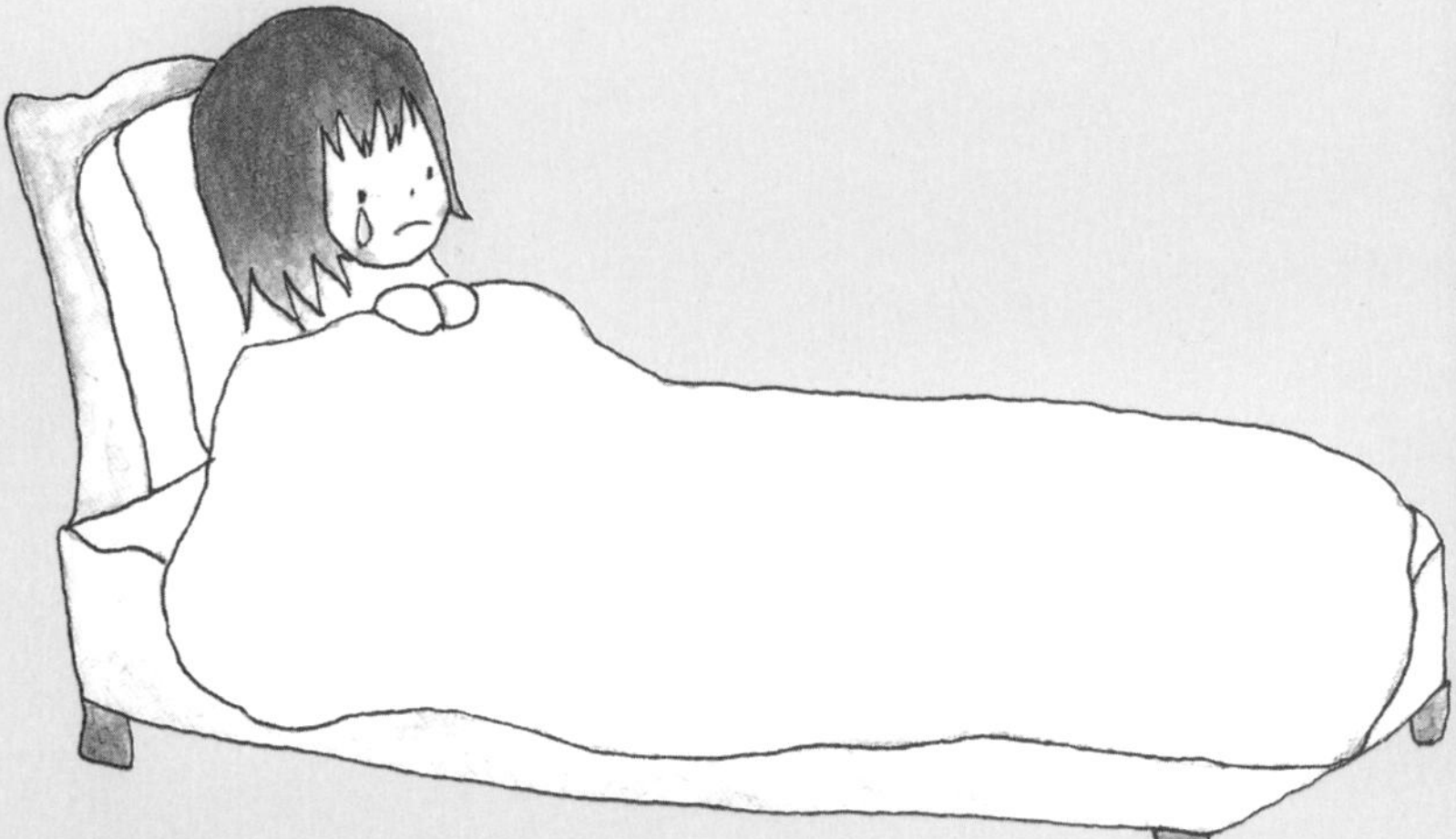

だだっこ

やさしくされればされるほど
だだをこねたくなって
めちゃくちゃいって
困らせて

とほうにくれた
あなたの顔を見て
わたし泣きそうだった…

ごめんなさい
素直になれなくて

ほんとうは
だまって抱きしめてほしかったの
しゃべれないくらいに

ヤキモキ

ふと
自信がなくなる
こんなわたしでいいの？
もっとお似合いの人が
どこかにいるかも…

そんなモヤモヤを
すごく勇気がいったけど
告白した

「ばっかだなぁ
そんなこと考えてたのか
心配性なんだな」

じんわり
あなたの言葉に
つつまれた

いますぐに

いつだって
あなたのもとに飛んでいく
なにがなんでも
あなたの役に立ちたくて

だからずっと
待ってるのかも…
あなたのわがままな
ひと言
「いますぐ会いたい」

まかせて

こんなに
気が小さい
わたしだけど
どこからか
とてつもなく
勇気がわいてくる

あなたのためだったら
ものすごく
勇敢になれる
ほーんと！

それがいい

これからわたしたち
どうなるのかなぁ?

きりがない心配

はてしない夢

毎日のように
ふたつのおもいが
ココロでゆれる

うーん
わたし決めた！

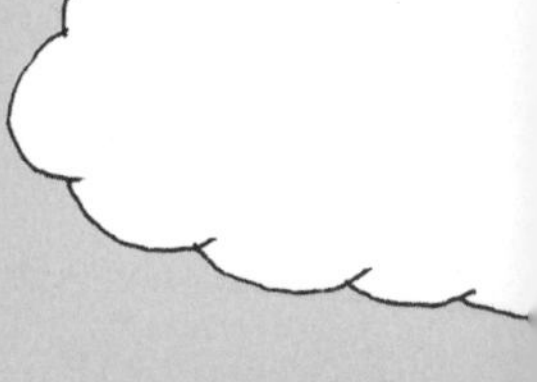

夢だけ
追いかけることにした

どんなときも
しあわせに感謝して
生きられるほうが

ずっとずっと
いいから

ありがとう

あなたに会って
ものすごく成長したよ

なんでも
すぐあきらめてたのに
一生懸命
やるようになった

そしたら
自分を好きになった

あなたは
世界一やさしくて
世界一きびしい

泣きべそかくと
ふたりで大きくなろう
っていつもいう

くやしいけど
胸にしみる
あなたの言葉

夢のよう

ふたりで
ふわふわの雲にねそべって
そのむこうの
青い空をながめて

ずうっと、いっしょだよ
そう約束した
夢みたいな
ほんとうの話

希望

待つのは
きらい
待たされるのは
だいきらいだった
だけど
待つことは

不安じゃなくて
希望だと
はじめてわかったの
あなたと生きて

感謝

神さま
あの人に
めぐりあわせてくれて

ありがとう

あの人を
この世に誕生させてくれた
すべての人に

感謝します

ふたりの尊いいのちに
心から
ありがとう

KOKOROKARA
ARIGATO

あとがき

わたしたちはみんな
ひとりぼっちで生まれてくるけれど
ときが熟したとき
奇跡のような出会いがおとずれて
恋をします。

すると
それまで想像もしなかった心の変化が
あなたに起こります。

そんなめくるめくときの流れのなかで
つい見逃してしまいそうな
とっても大切なモノを
しっかり抱きとめておいてほしくて

この本を書きました。

いま目の前にある
小さなしあわせのカケラを
そうっと
できるだけたくさん集めてください。

それがあなたの
しあわせになる力をはぐくむから。

無限大のしあわせって
あなたの両手にかかえきれなくなった
小さなカケラたちのことなんです。

宇佐美 百合子

宇佐美百合子

（うさみ・ゆりこ） 作家／カウンセラー

CBCアナウンサーを経て心理カウンセラーになる。

1986年読売新聞社主催「ヒューマンドキュメンタリー大賞」に『二つの心』が入選。

「モーニングEye」の人生相談や「笑っていいとも!」の心理テストにレギュラー出演。

ネット・カウンセリングの先駆者でもあり、執筆や講演を通してメッセージを発信している。

著書はベストセラー「元気を出して」をはじめ、「いつも笑顔で」「ずっと、大好きだよ」（以上、PHP研究所）、

「がんばりすぎてしまう、あなたへ」（サンクチュアリ出版）、「こっちを向いてごらん」（主婦と生活社）など多数。

ホームページ　http://www.iii.ne.jp/usami

ささきあきほ

イラストレーター

高校卒業とともに姉妹で年に一度のペースで個展を開催し始める。
女の子、天使の絵を中心に、絵と言葉で、繊細で純粋な想いを表現。その透明な世界観の魅力は
口コミで、女性を中心に広がり続けている。
本書がはじめての本となる。

あなたに会えたから

発行日：2004年7月30日　第1刷発行

著者：宇佐美百合子
　　　ささきあきほ
デザイン：福田和雄

協力：ささきようこ
　　　光山明希
編集・発行人：本田道生

発行所：株式会社イースト・プレス
〒101-0051
東京都千代田区神田神保町1-19 ポニービル6F
編集：03-5259-7325
営業：03-5259-7321
FAX：03-5259-7322

印刷所：中央精版印刷株式会社

ISBN4-87257-438-9C0095